CATALOGUE

D'UNE COLLECTION

DE

TABLEAUX

DE MAITRES

ANCIENS & MODERNES

DES ÉCOLES

Française, Flamande, Hollandaise et Italienne

DONT LA VENTE AURA LIEU

HOTEL DES VENTES MOBILIÈRES

RUE DROUOT, 5

SALLE N° 1, AU PREMIER ÉTAGE

Le Lundi 27 Mai 1861, à une heure précise

LA VACATION ÉTANT CHARGÉE

Par le ministère de M⁰ **Auguste LANGOIT**, Comm^re-Priseur,
rue de Choiseul, 5,

Assisté de M. **DHIOS**, Expert, rue Le Peletier, 33,

Chez lesquels se délivre le Catalogue.

EXPOSITION PUBLIQUE

Le Dimanche 26 Mai, de 1 heure à 5 heures.

PARIS

RENOU ET MAULDE

IMPRIMEURS DE LA COMPAGNIE DES COMMISSAIRES-PRISEURS
Rue de Rivoli, 144.

1861

EXEMPLAIRE DE DHIOS

CATALOGUE

D'UNE COLLECTION

DE

TABLEAUX

DE MAITRES

ANCIENS & MODERNES

DES ÉCOLES

Française, Flamande, Hollandaise et Italienne

DONT LA VENTE AURA LIEU

HOTEL DES VENTES MOBILIÈRES

RUE DROUOT, 5

SALLE Nº 1, AU PREMIER ÉTAGE

Le Lundi 27 Mai 1861, à une heure précise

LA VACATION ÉTANT CHARGÉE

Par le ministère de Mᶜ **Auguste LANGOIT**, Commʳᵉ-Priseur,
rue de Choiseul, 5,

Assisté de M. **DHIOS,** Expert, rue Le Peletier, 33,

Chez lesquels se délivre le Catalogue.

EXPOSITION PUBLIQUE

Le Dimanche 26 Mai, de 1 heure à 5 heures.

PARIS

RENOU ET MAULDE

IMPRIMEURS DE LA COMPAGNIE DES COMMISSAIRES-PRISEURS
Rue de Rivoli, 144.

1861

CONDITIONS DE LA VENTE

Elle sera faite au comptant.

Les Acquéreurs paieront, en sus des adjudications, CINQ POUR CENT applicables aux frais.

DÉSIGNATION

DES

TABLEAUX

CAMOIN.

137. 1 — La Grand'Mère (Dessin).

CARESME.

137. 2 — Nymphe et Satyre.

CASSARD.

137. 3 — Deux effets de Neige.

PH. DE CHAMPAIGNE.

00. 4 — Portrait historique.

CHARDIN.

137. 5 — Un Chat.

CHARPENTIER.

00. 6 — La Ratisseuse.

J. COIGNET

764. 7 — Étude d'arbres.

CRAESRBECK.

00 8 — Scène de Cabaret.

CREPIN.

9 — Deux petits Paysages.

CUYLEMBURG.

10 — Sommeil de Diane.

VAN BALEN ET VAN KESSEL.

11 — La Vierge tenant l'Enfant Jésus dans ses bras,
au milieu d'une guirlande de fleurs (Cuivre).

A. BEGYN,

12 — L'Annonciation aux Bergers.

BIBIENA.

13 — Ruines d'architecture avec personnages.

BOUCHER.

14 — Jeune Villageois.

F. BOUCHER.

15 — Mercure, messager de l'Amour.

BORREKENS.

16 — Pâturage de Hollande.

BOURGUIGNON.

17 — Bataille.

BRALLE.

18 — L'Enfant gâté.

J. BRÉMOND.

19 — Surpris par l'Orage.

BRISSET.

20 — Femme couchée.

DU MÊME.

21 — Baigneuse.

BRUANDET.

22 — Paysage orné de figures.

BRUNE.

23 — Le Torrent.

C. BRUNE.

24 — Chute du Lac.

BRUNE-PAGÈS.

25 — Prière de la Mariée.

DU MÊME.

26 — La Femme à l'Écran.

DECKER.

27 — Paysage. Route traversant une Forêt.

DEMACHY.

28 — Paris au XVIIIe siècle.

DENNER (attribué).

29 — Buste de vieille Femme.

DIÉBOLT.

30 — Berger gardant des bestiaux.

VAN DYCK

31 — La Madeleine.

LÉON FLEURY.

32 — Trois Études de Paysage seront divisées sous
ce numéro.

FRÉMY.

33 — Sacre de Charles X.

GASSIES.

34 — Lac Lomond.

GIORGION.

35 — Un Concert.

GRÉNIER.

36 — Bataille.

GROS.

37 — Portrait du général Bonaparte.

Mme HAUDEBOURG-LESCOT.

38 — Femme italienne et son Enfant.

DE LA MÊME.

39 — Le Miroir cassé.

G. HOET.

40 — Jeune Femme faisant de la musique.

HUE

41 — Clair de Lune.

HUET (J.-B.).

42 — Paysage avec figures.

A. KLOMP.

43 — Bestiaux dans un pâturage, près d'une ferme.

KOBELL.

44 — Pâturage de Hollande.

LAPITO.

45 — Borghetto, Italie.

LAURET, jeune.

46 — Le Pâturage.

LAWREINCE.

47 — Jardiniers dans un Parc (gouache).

H. LEBAS.

48 — Marine. Clair de Lune.

PH. LEDIEU.

49 — Chevaux dans une prairie.

LEMOINE.

50 — Buste de jeune fille.

X. LEPRINCE.

51 — Entrée de Village.

L. LEPRINCE.

52 — Intérieur de cour à Chartres.

DU MÊME.

53 — Le Déménagement.

J.-B. LEPRINCE.

54 — Famille russe.

LEPRINCE.

55 — Concert de bergers.

LESAINT.

56 — La Messe.

LESSORE.

57 — Intérieur breton.

MERLET.

58 — Femme nue.

MICHEL.

59 — Paysage.

MIGNARD.

60 — Portrait de Mme de La Vallière.

DU MÊME.

61 — Portrait de la duchesse de Bourgogne.

JEAN MIEL.

62 — Bergers et bestiaux près de ruines.

MONANTEUIL.

63 — La Vieillesse.

DU MÊME.

64 — Paysan normand.

DU MÊME.

65 — Le Voyou.

J. NOEL.

66 — Moulin à vent.

OMMEGANCK (Signé, 1793).

67 — Pâturage avec vaches et moutons ; une bergère trait une vache.

PASCAL.

68 — Souvenir de Fontainebleau.

PERROT.

69 — Dôme de Sienne.

DU MÊME.

70 — Tour de Pise.

DU MÊME.

71 — Vue de l'Arno. (Florence).

VAN DER POEL.

72 — Ustensiles de cuisine.

GUASPRE POUSSIN.

73 — Paysage.

POUSSIN (d'après Nicolas).

74 — Bacchanale.

RÉMOND.

75 — Papeterie de Thiers. (Étude).

RIGAUD.

76 — Jeune Fille nue tenant un perroquet.

ROMBOUTS.

77 — Paysage.

RENOUX.

78 — Moine en méditation.

DU MÊME.

79 — Fuite d'Henriette d'Angleterre.

DU MÊME.

80 — La Lettre de recommandation.

DU MÊME.

701   81 — La Grâce du prisonnier.

DU MÊME.

264   82 — Intérieur du château d'Amboise.

G. ROORDA FACO.

83 — Animaux dans une prairie.

SALVATOR ROSA.

137   84 — Marine.

SCHOEVAERTS.

85 — Port de mer avec grand nombre de figu

VAN SCHENDEL.

86 — Intérieur de cuisine. (Effet de lumière).

STEENHAUT.

87 — Intérieur d'étable.

SWEBACK (Édouard).

2   88 — Poste aux chevaux.

SWAGERS.

1   89 — Paysage.

TANNEUR.

32   90 — Nuit d'orage en mer.

TOURNIER.

181   91 — Vase de fleurs.

VALAYER COSTER.

137   92 — Fleurs.

ISAIE VAN DE VELDE.

93 — Départ d'une escadre hollandaise.

LÉONARD DE VINCI (d'après).

94 — La Joconde.

WANVENHOVEN.

95 — Paysage et animaux.

WATTEAU (genre de).

96 — Conversation (gouache).

WATTEAU (genre de).

97 — Danseuse.

THOMAS WYCK.

98 — Place d'un marché dans l'intérieur d'une ville.

YVAN.

99 — Marine.

ZAFF LEEVEN.

100 — Paysage, site montagneux.

ZUCCARELLI.

101 — Paysages. Deux pendants.

ÉCOLE FRANÇAISE.

102 — Jeune fille tenant un masque.

MÊME ÉCOLE.

103 — Jeune Fille tenant un cahier de musique.

MÊME ÉCOLE.

104 — Jeune femme endormie. (Pastel.)

ÉCOLE MODERNE.

106 — Deux vues de Rome : le Panthéon et le Campo Vaccino.

ÉCOLE GOTHIQUE ALLEMANDE.

107 — Martyre de sainte Catherine.

MINIATURES

108 — Portrait d'un prince persan, riche costume.

109 — Tête d'un vieillard, peinture sur porcelaine.

110 — Tête de buveur,   dito   dito.

111 — Napoléon Ier.

112 — Marie-Louise. (Signé Isabey, 1815).

113 — Portrait d'homme.

114 — Un Homme ouvrant une boîte.

115 — Le Rémouleur, miniature par KLEINCHTELS.

RENOU et MAULDE, imprimeurs de la Compagnie des Commissaires-Priseurs, rue de Rivoli, 144.   3318

9 782329 477787